FIN TRAGIQUE

DE LOUIS XVI.

FIN TRAGIQUE

DE LOUIS XVI,

POËME

EN TROIS CHANTS,

COMPOSÉ EN 1794.

PAR M. DU TOUR.

Prix : 1 fr. 25 c.

PARIS,

Chez l'Auteur, rue de Braque, N°. 2, au Marais,
et au Palais-Royal, chez les Marchands de Nouveautés.

D'HAUTEL, Imprimeur, rue de la Harpe, N°. 80.

1814.

Ce court poëme fait partie d'un ouvrage beaucoup plus étendu dans lequel j'ai essayé de peindre les principaux événemens de la révolution, aux époques mêmes où ces événemens ont eu lieu. Le plus mémorable et le plus frappant de tous a été la mort de Louis XVI.

Un auteur célèbre du dernier siècle, en parlant du supplice de Charles Ier., roi d'Angleterre, a dit : « On n'avoit vu encore aucun peu- « ple faire périr son propre roi sur un échafaud « avec l'appareil de la justice ; il faut remonter « jusqu'à trois cents ans avant notre ère pour « trouver dans la personne d'Agis, roi de La- « cédémone, l'exemple d'une pareille catastro- « phe. » Celui qui parloit ainsi étoit loin de prévoir que la France en donneroit bientôt un second exemple à l'Europe étonnée.

Lorsque Louis XVI fut mis en jugement par la Convention, j'étois retiré dans un petit coin de la Normandie, gémissant sur les maux de ma patrie. J'avois eu l'honneur de servir cet infortuné roi dans le corps des Chevau - légers de sa garde. Ses vertus, son affabilité et son

amour connu pour son peuple lui avoient ob-
tenu le respect et l'affection, non-seulement de
ceux qui avoient le bonheur de l'approcher, mais
de tous ses sujets qui le regardoient comme leur
père. La nouvelle de sa mort me consterna. Ce
sinistre et horrible événement qui a entraîné
tous les malheurs de la France, frappa tellement
mon imagination, et mon cœur en fut si dou-
loureusement affecté, que je ne pus résister au
besoin d'en tracer le tableau. Je composai, dans
l'hiver de 1794, c'est-à-dire il y a vingt ans, les
trois chants qu'on va lire, et que j'ai gardés dix
ans dans ma mémoire. Ce n'est qu'à la fin de
la quatrième année du consulat de Bonaparte,
que je me suis décidé à les écrire. Je les présente
au public sans prétention, non comme une œuvre de littérature, mais comme l'expression des
sentimens que partagent tous les bons Français,
et comme une espèce d'acte expiatoire, offert
à la mémoire de l'auguste et vertueux frère de
Louis XVIII.

FIN TRAGIQUE
DE LOUIS XVI.

CHANT PREMIER.

Jugement de Louis XVI. Décret de la Convention qui le con-
damne à la mort. Il demande à voir son auguste famille.,
Discours touchant qu'il adresse à son fils. Ses souffrances
et sa courageuse résignation. Précaution que prend la Convention pour assurer l'exécution de son décret.

LE décret est rendu. L'ambitieux sénat, (1)
Pour rester sans rival seul maître de l'État,

---

(1) Le mot *convention* n'étant point poétique, j'ai été obligé de
lui substituer celui de *sénat* dans le cours du poëme. J'en préviens le lecteur inattentif ou mal intentionné afin qu'il ne prenne
pas le change, et qu'il ne soit point effarouché de voir nommer
ainsi une assemblée qui, en 1794, prétendait représenter seule
la nation, mais qui n'a rien de commun avec le sénat actuel
dont l'institution est postérieure de plusieurs années.

Foulant aux pieds les lois, l'honneur et la justice,
Du monarque français a voté le supplice.
Louis jusqu'à cette heure incertain de son sort
Vient d'entendre l'arrêt qui le voue à la mort.
Paris frémit au bruit de ce décret horrible;
Et demain est le jour désastreux et terrible
Qu'à jamais doit souiller le plus grand des forfaits;
Jour d'opprobre et de deuil, où le peuple français,
Séduit et corrompu par un Sénat perfide,
Sur son roi va porter une main parricide.

A ce roi cependant quel crime est imputé?
Quel abus a-t-il fait de son autorité?
Louis contre son peuple a-t-il tiré l'épée?
Dans le sang innocent l'a-t-il jamais trempée?
Sa main fut inhabile à défendre ses droits;
Mais il fut juste et bon, toujours soumis aux lois.
Cependant le Sénat dans son délire extrême,
Sans aucune pudeur, se mentant à lui-même,
Pour se justifier d'avoir jugé Louis,
Ose le proclamer tyran de son pays.

Les tyrans, ce sont ceux qui frappent l'innocence,
Qui, par tous les moyens, cimentent leur puissance,
Pour qui rien n'est sacré; qui bravent à la fois
Et le peuple et les grands et le ciel et les lois;
Qui par leur avarice et leurs décrets iniques
Augmentent chaque jour les misères publiques;

Qui, pour faire la guerre et grossir leurs trésors
Dépouillent sans pudeur les vivans et les morts;
Qui consacrant le crime, accueillent l'imposture,
Récompensent le vice, honorent le parjure;
Ceux qui, dans les liens d'une étroite prison,
Comprimant la pensée, étouffant la raison,
Aux élans du génie opposent cent barrières
Dans la frayeur qu'ils ont du progrès des lumières;
Ce sont ceux en un mot qui répandent le sang,
Sans pitié ni respect pour le sexe ou le rang,
Et qui sourds à la fin aux cris de leurs victimes
Ne comptent plus les jours que par de nouveaux crimes.
Voilà ceux qui partout et qui dans tous les temps
Méritèrent le titre et le nom de tyrans (1)

Mais n'est-il pas atroce autant que dérisoire
De vouloir sous ce nom présenter à l'histoire
Un prince, ami du peuple, et sensible à ses maux;
Qui dans tous ses pensers, qui dans tous ses travaux,
Depuis le premier jour marqué par sa puissance,
N'a voulu, n'a cherché que le bien de la France?
Si Louis eût été tyran de son pays,
D'une verge de fer frappant ses ennemis,
Son despotisme alors eût servi sa justice;
Et les vils factieux, auteurs de son supplice,

---

(1) On voit aisément que j'ai voulu peindre ici la tyrannie
horrible de la convention.

Soumis, respectueux, redoutant son courroux,
Seroient en ce moment tremblans à ses genoux.

Pour son cœur cependant quelle nuit se prépare !
Le Sénat sera-t-il encore assez barbare
Pour priver ce Monarque en ses derniers momens,
Du douloureux plaisir d'embrasser ses enfans ?
Louis demande à voir son auguste famille.
Il laisse dans les fers une épouse, une fille,
Un fils dans l'âge tendre, unique rejeton
Des monarques nombreux dont il porte le nom.
Le roi tremble pour lui, pour les jours de sa mère.
Pour rassurer le cœur d'un époux et d'un père,
On les offre tous deux à ses yeux attendris.
A peine, en l'embrassant, reconnoît-il son fils.
Son teint décoloré, sa maigreur et ses larmes,
Du sensible Louis redoublent les alarmes.

« O mon fils, lui dit-il, auguste et cher enfant,
« Triste et foible héritier d'un trône chancelant,
« Je frémis en voyant l'orage et la tempête
« Qui menacent tes jours et grondent sur ta tête.
« Puisse un ange de paix, puisse un Dieu protecteur,
« Loin des tiens et de toi, détourner leur fureur !
« Après tes longs tourmens, puisse ton innocence
« Attendrir sur ton sort les tyrans de la France !
« J'ignore quels desseins a sur toi l'Eternel ;
« Mais s'il relève un jour et mon trône et l'autel,

« Si, touché de tes maux, dans des temps plus prospères,
« Il remet dans tes mains le sceptre de tes pères,
« Montre-toi digne d'eux , digne de mon amour
« Et de l'auguste sang qui te donna le jour.
« *Par l'oubli du passé signale ta puissance ;*
« Du fils du Roi des Rois imite la clémence.
« Pardonne à mes bourreaux et fait grace aux ingrats
« Dont l'aveugle fureur ordonne mon trépas.
« Cependant souviens-toi des malheurs de la France
« Enfantés par l'erreur, nourris par la licence,
« Et pour en prévenir le funeste retour,
« Pour obtenir du peuple et l'estime et l'amour,
« Sois sévère aux méchans, aux factieux terrible,
« Aux puissans redoutable, aux foibles accessible.
« Que ton moindre sujet puisse arriver à toi
« Pour réclamer ses droits et l'appui de la loi ;
« Qu'en tes conseils toujours la justice préside ;
« Prends, parmi tes aïeux, Louis Douze pour guide ;
« Comme lui, fais chérir ta puissance et ton nom ;
« Fais respecter les mœurs et la religion ;
« De tous les opprimés sois l'ange tutélaire ;
« *Sois du Peuple Français le sauveur et le père ;*
« *Et pour venger ma mort et les maux qu'il ma faits*
« *Donne lui le bonheur, l'abondance et la paix.* »

A ces mots prononcés d'une voix ferme et pleine,
Le Roi bénit son fils. Il confie à la Reine
Ce gage de leur foi, ce dépôt précieux,

Et son cœur se dérobe à leurs derniers adieux.
Il rentre en sa prison ; la garde qui l'escorte,
Par l'ordre de son chef, en referme la porte.
Louis ne voit plus rien entre le ciel et lui.
Il ne lui reste plus que le ciel pour appui.
Celui qui fait les Rois et dont ils sont l'image,
Console seul son cœur, soutient seul son courage.
Il invoque son nom, se jette dans ses bras ;
Comme un don de sa main il attend le trépas ;
Et par ce Dieu de paix, son ame soulagée
Du poids affreux des maux dont elle est affligée,
S'abandonne un moment aux douceurs du sommeil.

Le canon tout-à-coup vient hâter son réveil.
De ses ombres la nuit couvre encor la nature.
A travers les barreaux de sa prison obscure,
Louis entend les cris d'un peuple forcené,
Qui demande les jours de son roi condamné.
Il entend les tambours, le bruit confus des armes,
Les regrets déchirans de sa famille en larmes,
Et les tristes soupirs du zélé serviteur,
Qui, captif avec lui, partage son malheur.
Ces sons portent le deuil dans son ame oppressée ;
Tout ce qu'il a souffert revient à sa pensée.
Le soleil qui commence à blanchir l'horison,
Pour la dernière fois éclaire sa prison.
Louis bénit le Dieu qui forma la lumière,
Et prépare son cœur à son heure dernière.

Déjà les messagers envoyés par la mort,
Ont proclamé l'arrêt qui termine son sort.
Cependant le Sénat effrayé de son crime,
Craint qu'on ne lui ravisse en ce jour sa victime ;
Sa prévoyance égale à sa férocité,
Pour consommer son œuvre avec impunité,
Et du Roi sans péril faire tomber la tête,
A ce jour a donné l'éclat d'un jour de fête
Et l'aspect imposant d'un triomphe guerrier ;
Par son ordre Paris s'est armé tout entier.

FIN DU PREMIER CHANT.

CHANT DEUXIÈME.

Le bruit du canon annonce que Louis va subir en peu d'heures son jugement. Son départ du Temple. Sa marche jusqu'au lieu de l'exécution. Arrivé au pied de l'échafaud, il y monte avec un air serein et veut parler au peuple. Un roulement général de tambours étouffe sa voix. Il est frappé. Après sa mort les tombeaux des Rois ses ancêtres sont violés par le peuple.

———

De la vaste Cité les nombreuses cohortes,
Du temple en ce moment investissent les portes.
L'airain tonne, et sa voix, aux remparts de Paris,
Annonce le départ du malheureux Louis.
Le signal est donné. Tout s'ébranle et s'agite.
Le peuple avec fureur, par flots se précipite
Vers la place où bientôt le monarque innocent,
Va comme un criminel subir son jugement.
Le chemin qui conduit au lieu de son supplice,
Est bordé par les rangs d'une aveugle milice
Infidèle à son Prince et vendue au Sénat,
Qui se sert de ses bras pour renverser l'État.
Ces esclaves armés et rangés en bataille,
Forment des deux côtés une triple muraille,
Dont la longue épaisseur présente un front d'airain

A quiconque voudroit tenter un coup de main.
A l'approche du char les visages pâlissent;
La foule est consternée, et les soldats frémissent;
La honte et le remords sur leurs fronts sont écrits;
Une froide stupeur s'empare des esprits;
Et chacun, de Louis admirant la constance,
Les yeux fixés sur lui, gardé un morne silence.
La terreur dans les rangs, à pas accélérés,
Perce et fend l'épaisseur des bataillons serrés,
Et prévient par ses cris menaçans et terribles,
Tout élan de pitié dans les ames sensibles.
Sur le sort de son roi nul n'ose s'attendrir,
Ni pour lui seulement faire entendre un soupir.
Les cœur sont tous de glace, et les bouches muettes.

Cependant, à travers cent mille baïonnettes,
Entouré de canons, de piques, d'étendards
Et de gardes nombreux roulant de toutes parts
Avec rapidité le char du roi s'avance.
Les divers attributs qui marquoient sa puissance,
Son sceptre, son épée et la main de la loi
Sont brisés sous les yeux de l'infortuné Roi.
Bientôt il aperçoit le lieu du sacrifice
Que permet en ce jour la divine justice;
Il en voit les apprêts; ces apprêts pleins d'horreur,
Ce lugubre appareil n'étonnent point son cœur.

« De mes malheurs, dit-il, enfin voilà le terme. »
Avec un air serein, d'un pas tranquille et ferme
Il marche à l'échafaud sans crainte, sans espoir,
Les yeux levés au ciel prêt à le recevoir.
Son cœur est calme et pur. Fort de son innocence,
Et touché des malheurs qui pèsent sur la France
Avant sa mort il veut une dernière fois,
A son peuple égaré faire entendre sa voix.
Il s'écrie « ô Français, je ne suis point coupable,
« Je pardonne. »... A ces mots un bruit épouvantable,
Un roulement affreux de tambours menaçans
L'empêche de poursuivre. O terribles instans!
L'airain vient de sonner l'heure de son supplice;
Le peuple est attentif à ce grand sacrifice.
A son sort résigné l'infortuné Louis
Un moment devant Dieu recueille ses esprits,
Et, voyant pour frapper la hache toute prête,
Sous l'instrument fatal, il présente sa tête.

O forfait! ô douleur!... Le crime est consommé.
Déjà Louis n'est plus qu'un corps inanimé.
A l'aspect de ce corps, de sa tête sanglante,
Tous les cœurs sont saisis d'horreur et d'épouvante.
Soleil, retire-toi, fuis ce spectacle affreux;
Dans l'abîme des mers précipite tes feux.
Fuyez clartés du jour, changez-vous en ténèbres;
Et qu'aussitôt la nuit dans ses voiles funèbres

Accoure ensevelir le crime des Français.
Mais non. Que l'univers apprenne leurs forfaits.
Dieu qui soumets aux rois les peuples de la terre,
Fais retentir les cieux du bruit de ton tonnerre;
Que ton doigt invisible, au milieu des éclairs,
Ecrive, en traits de feu, ces mots au haut des airs :
RÉGICIDES TREMBLEZ. Qu'au même instant ta foudre
En éclats redoublés tombe et réduise en poudre
L'échafaud de la mort, les bourreaux de Louis,
Et ses juges pervers et tous ses ennemis.
Qu'à ces traits foudroyans sortis du sein des nues,
Qu'à ces lettres de feu dans le ciel aperçues
Chaque peuple effrayé reconnoisse la main
D'un Dieu juste vengeant la mort d'un souverain.

Gémissez, nations, sur le sort lamentable
De Louis condamné par un Sénat coupable;
Et vous qui des états balancez le destin
Rois puisez des leçons dans sa tragique fin.
Apprenez que l'éclat dont un roi s'environne
Ne sauroit d'un revers garantir sa couronne,
Si, pour la conserver, sous l'égide des lois
Il ne sait d'un bras ferme en défendre les droits.
Sachez qu'un roi doit être et clément et sévère,
Qu'il doit régir son peuple en maître comme en père,
Faire tout pour son bien, mais jamais rien par lui,
N'avoir que son épée et les lois pour appui,

Et, quand il voit l'Etat menacé d'anarchie,
Sans foiblesse oser tout pour sauver la patrie.
Telles sont les leçons que Louis par ma voix
Du fond de son cercueil, adresse à tous les rois.

Mais hélas, qu'ai-je dit? Quand la main de la Parque,
Au midi de ses jours enlève ce monarque;
Quand son trône est à terre et la patrie en deuil,
Aux restes de Louis on refuse un cercueil.
Son corps ensanglanté roulé dans la poussière,
Est jeté presque nu dans l'affreux cimetière
Où gisent entassés sous d'immenses débris
Tous les corps mutilés des malheureux proscrits.
Dans ce champ du silence, enceinte horrible et sombre,
On ne reconnoît plus ni Louis, ni son ombre;
Parmi les autres morts le monarque est rangé,
Privé d'honneurs comme eux et comme eux outragé.
S'il eût fini ses jours dans les temps de sa gloire,
Le peuple eût avec pompe honoré sa mémoire;
Mais il meurt condamné; son nom est avili;
Sa mémoire est flétrie et livrée à l'oubli.
Du fils de trente rois l'ombre auguste et sacrée
Demande vainement à la France éplorée
Une tombe modeste auprès de ses aïeux;
La France lui répond par de stériles vœux.

Demain, demain, hélas! les tombeaux de ses pères

Vont être renversés par des mains sanguinaires.
Leur dépouille brillante et leurs restes sacrés ,
Ainsi que lui vont être à ses bourreaux livrés.
O profanation, ô sacrilège horrible !
O leçon pour les rois mémorable et terrible,
Qui leur montre en ce jour le néant des grandeurs ,
Et d'un peuple avili les dernières fureurs!
Ce n'étoit point assez que par un premier crime ,
Ce peuple eût, dans son prince, égorgé sa victime;
Son audace ose encor par des crimes nouveaux
Insulter à ses rois jusque dans leurs tombeaux;
Jusqu'au pied des autels dont l'ombre les protège,
Il va porter sur eux une main sacrilège.
Que vous ont fait ces morts, répondez, insensés?
Et que reprochez-vous à des restes glacés?
Pourquoi donc renverser ces monumens antiques ?
Pourquoi briser ces plombs et ces froides reliques?
A la fin votre audace et votre impiété
Ont armé contre vous le Ciel trop irrité.
Celui qui rend aux morts la vie et la lumière,
Va vous faire par eux rentrer dans la poussière.

Squelettes de nos rois par le temps desséchés,
Reprenez votre chair, levez-vous et marchez,
Dieu l'a dit. A sa voix armez-vous de l'épée,
Que vos mains autrefois à la guerre ont portée;
Elle est à vos côtés. Vengez le Ciel et vous;

Frappez le sacrilège, et tombent sous vos coups
Tous les profanateurs qui troublent votre cendre,
Puisque dans ces lieux saints ils ont osé descendre,
Que la terre à l'instant ouverte sous leurs pas,
Les entraîne avec vous dans la nuit du trépas.

FIN DU DEUXIÈME CHANT.

CHANT TROISIÈME.

Justification de Louis. Son amour extrême pour le peuple, cause
de tous ses malheurs. Bouleversement entier de l'État produit
par sa mort. Terreur générale. Détention de la Reine au
Temple. L'Ombre de son époux lui apparoît dans sa prison et
lui parle. Louis monte au Ciel et y reçoit la récompense due
à ses vertus.

J'AI retracé la fin tragique et déplorable
D'un monarque à la mort traîné comme un coupable.
Peuple français gémis sur ton égarement;
Louis fût condamné, mais il fut innocent.
Viens honorer sa cendre et venger sa mémoire;
A ses mânes consacre un jour expiatoire;
Pleure à jamais ce roi qui fut ton défenseur,
Qui seul vit tes besoins, seul voulut ton bonheur.
C'étoit pour l'assurer qu'au temps de sa puissance,
Se rendant à l'espoir, aux désirs de la France,
Il avoit, sous tes yeux, réuni près de lui
Les ordres de l'État qui faisoient son appui.
Ce bon roi se flattoit que des députés sages,
Que des hommes jugés dignes de tes suffrages,
Uniroient leurs efforts, leurs moyens et leurs voix
Pour le salut public et le maintien des lois.

De ses nombreux sujets moins le roi que le père ;
Il vouloit mettre enfin un terme à leur misère,
Et du peuple français faire un peuple d'heureux ;
C'étoit le plus ardent, le plus cher de ses vœux.
Mais tes chefs corrompus, trompant sa confiance,
Au lieu de respecter les droits de sa naissance,
Et d'unir à ces droits tous ceux des citoyens
Par un nœud solennel, par d'éternels liens,
Traîtres à leur devoir, à leurs mandats parjures ,
Ont flatté ton orgueil, l'ont nourri d'impostures ;
Et te mettant le glaive et le sceptre à la main ,
Pour règner en ton nom, t'ont nommé souverain.
Ces factieux obscurs, ennemis nés du trône,
Sous les yeux de Louis ont brisé sa couronne.
Ainsi dans son espoir le monarque trompé
A vu, pour ton malheur, son pouvoir usurpé.
Malgré ses tendres soins, malgré sa vigilance,
Le plus juste des rois n'a pu sauver la France ;
Ses généreux efforts , ses vœux pour son bonheur,
N'ont été qu'un vain songe, un rêve de son cœur ;
Et lui-même est tombé sous les coups des perfides
Que ses propres bienfaits ont rendus régicides.

Si, dans le premier choc et le feu des partis,
Ce monarque eût osé frapper ses ennemis ;
Et si son bras alors montrant plus d'énergie,
Eût par un coup d'état écrasé l'anarchie;
Son front seroit encor ceint du bandeau sacré ;

Il règneroit sur nous puissant et révéré.
Mais son amour du peuple a trompé sa sagesse ;
Il n'a point vu l'abîme ouvert par sa foiblesse.
Hélas ! et c'est ce peuple ingrat et forcené,
Par qui ce même roi vient d'être assassiné.
Barbares ! rien n'a pu désarmer leur furie.

Il n'est plus de Français ; il n'est plus de Patrie.
Ce forfait inouï, cet horrible attentat,
Jusqu'en ses fondemens vient d'ébranler l'État.
L'autel est profané par des mains téméraires ;
L'honneur et la vertu sont traités de chimères ;
Les riches sont proscrits, tous les rangs confondus ;
La justice se tait ; les lois n'existent plus.
L'innocence aux abois est partout poursuivie ;
Chacun fuit ou se cache, et tremble pour sa vie ;
Les meilleurs citoyens au peuple dénoncés,
Devant lui sont traduits et leurs jours menacés.
Quand le chef de l'État renversé de son trône
A vu briser son sceptre et flétrir sa couronne ;
Quand un Roi juste et bon, par la main des bourreaux,
S'est vu précipiter dans la nuit des tombeaux,
Quelle tête, après lui, peut-être respectée ?
Quel homme peut sauver la France ensanglantée ?
Et, parmi nous, qui peut, maître de son destin,
Se promettre aujourd'hui de respirer demain ?
Toi même, en ce moment, dans le temple enchaînée,
Epouse, mère, veuve et Reine infortunée,

Tu ne peux plus compter sur le secours des lois.
Le peuple et son Sénat ont soif du sang des Rois.
En haine de ton rang, leur fureur inquiète,
Tient le fer des bourreaux suspendu sur ta tête;
Et ce fer, teint déjà par le sang de Louis,
Menace encor les jours de son auguste fils.

Au milieu des dangers, des publiques alarmes,
Quand, veuve de son Roi, la France est dans les larmes;
Et lorsqu'à son réveil, frémissant sur son sort,
Chacun attend l'exil, la prison ou la mort;
Bravant le deuil commun, le peuple, en son ivresse,
Célèbre son forfait par des chants d'allégresse,
Et partout exerçant son horrible pouvoir
Sur les débris du trône, en foule, court s'asseoir.

Cependant près du Temple où la Reine est captive,
De Louis on entend gémir l'ombre plaintive.
Elle ne peut quitter ces lieux, ces tristes lieux
Qui furent les témoins de leurs derniers adieux.
De craintes, de regrets sans cesse tourmentée,
Elle erre au haut des airs, inquiète, agitée,
Et tout-à-coup s'abat sur la funeste tour
Qui vit river ses fers, qui vit son dernier jour.
De l'astre de la nuit la lumière argentée
Favorise son vol : sur ses rayons portée,
Malgré les surveillans, les gardiens jaloux,
Malgré le triple airain des grilles, des verroux,

Elle entre en murmurant dans la prison secrette
Où ses cruels bourreaux retiennent Antoinette.

La Reine est sommeillant sur son lit de douleurs,
Et ses yeux sont encor trempés des mêmes pleurs,
Qui de son chaste amour furent le dernier gage,
Les ailes de la mort ombragent son visage;
Et des songes affreux, agitant ses rideaux,
Répandent sur son front de sinistres pavots;
Sa tête sans appui, vers la terre inclinée,
A ses bourreaux déjà semble être abandonnée.
Louis, en se montrant, craint d'aigrir ses chagrins;
Mais cédant à l'espoir de changer ses destins,
Des accens de sa voix il frappe son oreille,
Et par un léger bruit tout-à-coup la réveille.

Antoinette, à sa vue, est tremblante d'effroi.
« O fille du malheur ! dit-il, rassure-toi.
« C'est moi, c'est ton époux : tu vois en ta présence
« La victime du sort, le martyr de la France;
« Je ne suis plus qu'une ombre, et ton auguste époux
« Poursuivi des méchans a péri sous leurs coups.
« Mais l'ombre de Louis est pure, est immortelle;
« Au séjour des élus le roi des rois l'appelle.
« Avant que d'y monter, j'ai voulu te revoir;
« Je viens armer ton cœur contre le désespoir.
« Ma mort du peuple, hélas ! n'a point éteint la rage;
« Chaque jour son sénat t'humilie et t'outrage;
« Sans pudeur il t'abaisse à recevoir ses lois,

« Et retient dans les fers l'héritière des rois.
« Je crains que sa fureur meurtrière et jalouse
« Ne veuille encor frapper mon fils et mon épouse.
« Ce sénat ombrageux redoute un foible enfant
« Au malheur dévoué par le sort en naissant ;
« Il redoute une femme ses à pieds enchaînée
« Dans les fers nuit et jour à gémir condamnée ;
« Il craint jusques au nom, jusqu'à l'ombre d'un roi ;
« Et l'aspect de ces lieux lui cause de l'effroi.
« Fuis-les, fuis ce pays ; fuis un sénat barbare ;
« Préviens les maux affreux que le sort te prépare ;
« Fuis et sauve avec toi, ma sœur et mes enfans ;
« Arrache-les aux mains de leurs cruels tyrans.
« Envoyés par le ciel, des anges tutélaires
« Frappant d'un long sommeil tes gardiens sévères,
« Protégeront ta fuite et guideront tes pas
« Sous un ciel plus heureux, et dans d'autres climats ».

A ces mots recueillis par la Reine tremblante,
L'ombre de son époux radieuse et brillante
S'élève tout-à-coup d'un vol rapide et sûr ;
Vers les champs éthérés semés d'or et d'azur ;
Et laissant ici-bas sa dépouille mortelle,
Franchit, dans son essor, la barrière éternelle
Qui sépare à jamais les élus des vivans,
Porté aux pieds du Très-Haut ses vœux et son encens,
Et reçoit de ses mains, dans le céleste empire ;
Pour prix de ses vertus, la palme du martyre.

Des anges rassemblés tous les ordres divers
Célèbrent ce grand jour dans leurs divins concerts ;
Leurs accords ravissans, leurs voix mélodieuses,
Charment le doux repos des ames bienheureuses ;
Et Louis du destin et de la mort vainqueur
A ces chants tressaillit de joie et de bonheur.
De leurs brillantes mains, les Séraphins, les trônes,
Sur des globes d'azur disposent des couronnes,
Non de feuillages verts, d'éphémères lauriers,
Telles que la victoire en décerne aux guerriers,
Mais de saphir et d'or, de diamans formées,
Et d'astres éclatans d'étoiles parsemées.
Par l'ordre du Très-Haut les célestes esprits
En ornent et le sceptre et le front de Louis ;
Et tenant dans leurs mains leurs lyres immortelles,
Ils conduisent son ombre aux voûtes éternelles,
Où le maître des cieux a marqué de ses doigts
La place et le séjour destinés aux bons Rois.

FIN DU TROISIÈME ET DERNIER CHANT.

www.ingramcontent.com/pod-product-compliance
Ingram Content Group UK Ltd.
Pitfield, Milton Keynes, MK11 3LW, UK
UKHW021713090726
13657UKWH00005B/2210